JOHN BUTLER

Devine qui je suis

Gautier • Languereau

Pour Mavis Elizabeth

Publié pour la première fois en 2004 par Puffin Books,
Du groupe Penguin, sous le titre *Whose Nose and Toes ?*

ISBN : 2.01.391043.6 – Édition 01 – Mai 2004
Dépôt légal n° 43143
Loi n°49-956 du 16 juillet 1949 sur les publications destinées à la jeunesse.
Imprimé en Chine

Devine qui je suis.

Je suis
un tigre.

Devine qui je suis.

Je suis
un
cochon.

Devine qui je suis.

Je suis
un
canard.

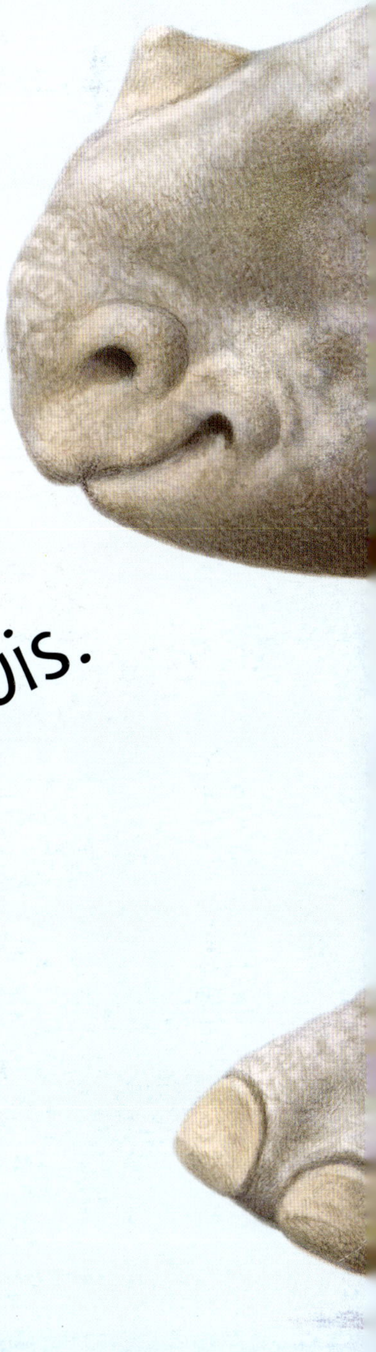

Devine qui je suis.

Je suis
un rhinocéros.

Devine qui je suis.

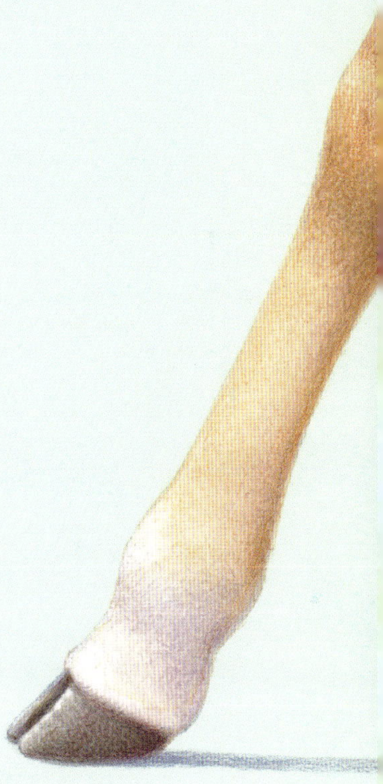

Je suis
une
girafe.

Devine qui je suis.

Je suis
un
chien.

Devine qui je suis.

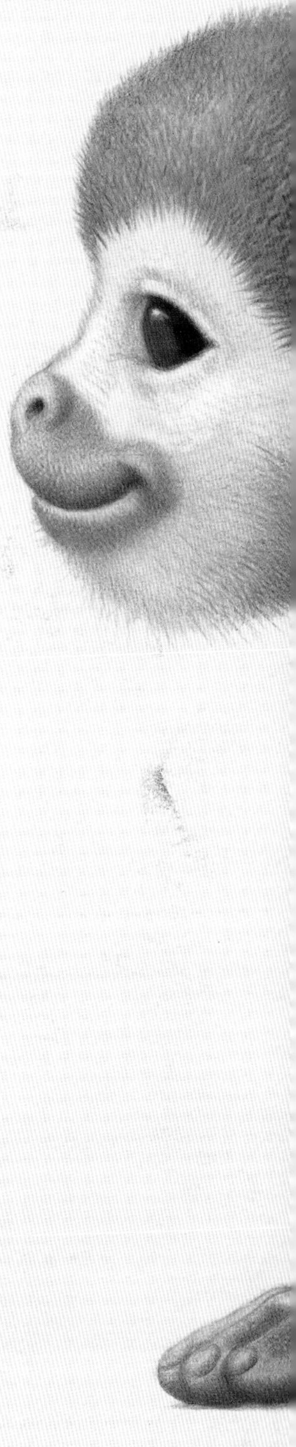

Je suis
un
singe.

Devine qui je suis.

Je suis
un
veau.

Devine qui je suis.

Je suis
un crocodile.

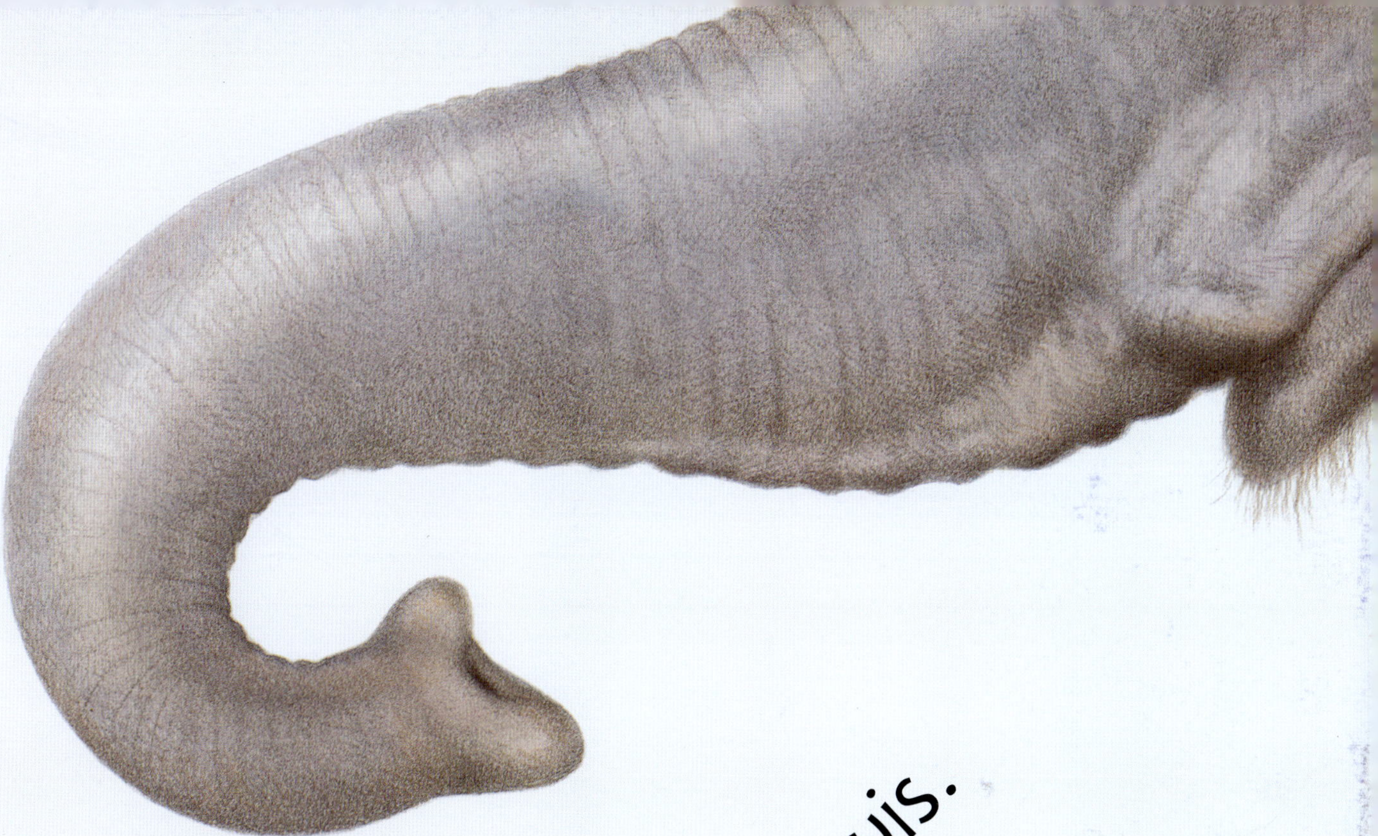

Devine qui je suis.

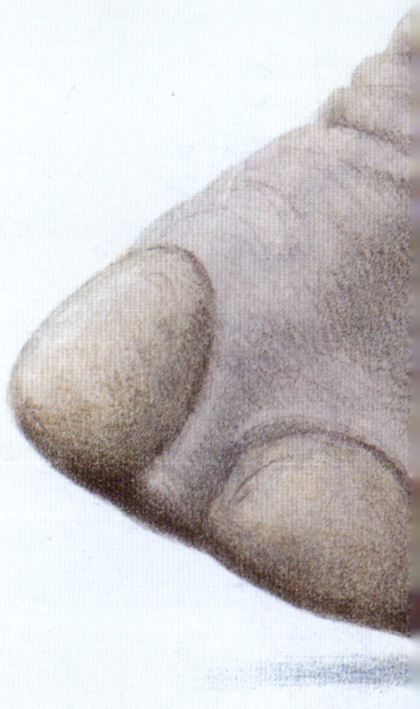

Je suis
un éléphant.

Tigre

Cochon

Canard

Rhinocéros

Girafe

Chien

Singe

Veau

Crocodile

Éléphant